装幀　濱崎実幸

＊目　次

河野裕子歌集

母系

羽ペン

山鳩の羽拾ひきてペン作る明日晴れなれば来る子らのため

暖かな夜となりたり満月もぽんと上がれり気分のよろし

毛糸の手袋

紐つきの毛糸の手袋どんぐりを三つ四つ入れて椅子に垂れゐる

ゆつくりと空を渡りてゆく月に月の匂ひあり向き合うて吸ふ

高空《たかぞら》に茶色の桐の実見ゆる日よ現代語訳の日本語薄し

帰る日

大きな耳の犬たちがぶらぶら散歩する帽子かぶりし人間つれて

四コマのサザエさんの隅つこによく見たるメヒシバどこにでも生えてゐる草

日ざかりの道を歩めり季節にも老いがあるなら老いやすいのは夏

帰る日のあるゆゑわが家に来る母か草刈り庭掃き働きやまず

帰る日を今日来し母が数へ言ふ庭草刈りて汗かきし顔に

遠出がしたい

茶の花が生垣いつぱいに咲いてゐて陽のさす日なり遠出がしたい

青空のふかい所に窓ひとつ光りて見えゐし十月終る

綿虫

竹たちのひと葉ひと葉が光りつつ冬の光もいいよと言へり

雨に濡れゆさりゆさりと揺れながらいやな雨やなあと竹たちが言ふ

隠り世にも雨は降るのかぬるき湯に笹打つ雨音聞きつつ浸る

居酒屋であなたと飲んだ日のことを酔つ払ひのあたま忘れてしまふ

月光が匂ふと言へばわかる人鞄をさげてどこまで行きし

写しゆく歌のなかには君に似て君にはあらぬ気配が動く

子供用のお茶碗を出して飯を食ふ今日は十三夜今日もひとりよ

暖かな師走の入りの陽のなかをあはれ小さな綿虫が飛ぶ

綿虫がいくつも飛んで冬が来る口あけて子らが走れる庭に

かたばみの小さな花を摘みあつめ五歳の子走る二歳の子つれて

冬みかんのみかんの色に励まされお食べと言ひてわたしも食べる

歳月は返り来るなり二人子を膝に添はせ『ひかりのくに』読む

木洩れ日の鏡の中を歩みくるアリスの兎のやうに急いで

金魚鉢の中に入ればぬるく　あ、ぶつかる横あ、ぶつかる後ろ

強い子の紅《こう》が罹りたるこの病あまりにおそろし笑ひさうになる

主治医来てベッドの側に立ちたれどこゑは出でざり頭下げるのみ

拍動は如何にかあらむ三角巾に胸を庇ひて子が歩みくる

未婚の身のあはれ血管透ける胸本を閉づるやうに衿をあはせり

この痛い苦は等分に父親と母親であるなりわれら

家中の包丁並べて研ぎながら静かに泣く子の涙を見たり

竹藪の勢力範囲の中にゐて加勢といふ語が実感となる

さびしい日れんげの種を蒔きしこと内緒にしておく芽が出るまでは

つくづくとさびしい人だね裕子さんれんげの芽を見てゐる後ろ手をして

具体とか細部が大事と言ひながら大雑把でよろしと批評を括る

飼ひ主といふのはとてもいいものだ呼べば時々振り向く猫の

兄のやうな父親のやうな夫がゐて時どき頭を撫でてくれるよ

笑窪がかはいいと言はれてよろこぶ私に私より単純に夫がよろこぶ

日向にはふふつと椿咲き初《そ》めて癌は誰にも他人事ならず

あな憂しといふは文法的に誤りか　ま、いい冬の黄蝶あな憂し

東京に娘が生きてゐることの一日いちにちがたいせつとなる

幽霊坂

もう疾うに生家はあらず栗の木の冬枯れたるがぼそぼそと立つ

五十年の歳月の向かうに煤けたる本家の梁見ゆ従姉妹たち見ゆ

ややこしく血筋からまるこの村を出でて五十年戸数三十戸

小川野《をがはの》が河野《かはの》の姓の始まりと郷土史家言ふ説得力がある

弥生、千代野、春江、福江と数へあげ女系の血を言ふ母の従姉妹は

この人は百を越えても生きる人百二まで生きしこの人の父

しみじみともの言ふ暇もあらざれど北村やよひ眼の強かりし

隣家なくひとり暮せる九十二歳文藝春秋四、五冊積みて

幽霊坂舗装されゐて笹も無しあつけらかんと冬風ばかり

墓石の黒ずみたるを巡りつつ爺さまぞ婆さまぞと案内《あない》する者

ここに生きここに埋《い》けられし人たちを血縁と言はれ拝みて巡る

中村と井無田《ゆみた》のあひだの泥田圃《ずったんぼ》記憶のままにあをく広がる

うす暗い記憶の中に砂糖黍かみゐし場所あり階段のある家

大芭蕉揺れゐし家はもうあらず伯父伯母のこゑ父母のこゑ

晩年をこの人たちは生きゐるが何とはきはきと昔を語る

ふるさとは墓が古びてゆく所縁《へつり》に赤い椿が咲きて

黒ずみし墓石の中の新墓《にひはか》は幸子伯母なり土盛りあげて

母と共にも一度帰れと君は言ふ母がまだ聞こえ歩けるうちに

かたばみの花

四本の肢《あし》うろうろと操りて竹節虫《ナナフシ》歩むナナフシ目《もく》ナナフシ

一瞬に忘れてしまふ彼《か》の母へのりしろ丁寧に封書を送る

何をどう話さうにも忘れてしまふこの母に道辺のちひさなかたばみの花

かたばみは夕かたまけて花を閉づ小《ちひ》さなちひさな黄色の花よ

棕櫚の花あはく零れてをりし昼柱時計鳴る部屋を渡りき

藤房の垂れゐる下を歩み来て蜂の翅音がまだ聞こえゐる

むかしとは麦藁のやうな時のこと暗がりの中にやはらかく匂ふ

日向道ひとり来るひと犬つれず帽子かぶらず袋も提げず

死にしひと遠近自在にわが裡《うち》を往き来しながら顔の老けゆく

旅猫となりてしまひしかこの二夜《ふたや》家に帰らぬ雉猫を待つ

雑巾はふたつに折りて使ふべし雑巾使ふたび父の教へは

この母に六十年まへは鮮らしく上海《しやんはい》租界の地図まで描ける

姉の死さへ忘れし母の後姿《うしろで》を茱萸《ぐみ》の葉ゆらせし風がすぎゆく

石の上にわたしの母が腰おろし夏のひざしに縮まりてゆく

母の影わたしの影と並びゆく影さへも母は迫力あらず

死に際をあんなに怖れてゐし父を雨あとの草引きつつ思ふ

発言しておいでとあなたが言ふからに京都市社会教育委員会

梅の実柿の花

この子にも三十年目の夏が来て日傘越しに仰ぐ昼の日輪

今年また渡り来て鳴く青葉木菟《あをばづく》階段の暗がりにすわりゐて聞く

ぼおうとしてこの世は過ぎてゆくからに夕雨《ゆふさめ》の後に青い虹たつ

砂浜にかはいさうだつた小さなトムわが家に来て六年が過ぐ

捨てられて死にかかりゐしを拾ひ来し六年前の息子の心

『バスマップ琵琶湖全周』（釣の友社刊）　バスはブラックバスのこと

『バスマップ琵琶湖全周』を編みし日の息子の二十代涼しく遠し

雨の夜にしとしとしとしと帰りくるああ死んだ児よ顔を上げないで

うす紅の花をつけゐし梅の木にうぶ毛かはゆきあを実十《とを》ほど

夕庭に落ちゐる薄黄の柿の花さびしいがいいかさみしいがいいか

梅干しの二つを舐めて歌作るああ酔うなどと言ふ余裕なく

「沈みゆく患者と一緒に沈みゆく」象の眼のやう河合《かはひ》隼雄《はやを》

どこまでも夜のあをぞら見ゆる夜娘《こ》は亡き友の齢《よはひ》となれり

湯あがりに耳かゆければ綿棒をこよこよ動かす耳傾けて

明晰な頭脳《あたま》が詠みし歌かなと後退りしては踏み出して読む

今年竹《ことしだけ》の節ごとに被さるがはがはの毛深き皮が音たてて落つ

折れさうで折れぬ青竹ひつぱりてぶら下がりたれど力の足りぬ

わんわんと青竹どもが伸びてゆく生気に囲まれ夜々眠る

丸いあたま

どの部屋も風の道あるこの家に黄のチューリップ二本さしおく

階段のうへに待ちゐる丸いあたまふたつ並びてひとつは猫よ

仰向けに本を読みゐるわが横にわからない人だと言ひて眠れり

玲《れい》の笑窪みたいばかりにこの人は休日を潰して自転車に乗せて

バターのお話

笹舟を作りて流しやることもなく五歳になりし子二歳になりし子

クレヨンで汚れし手指を洗ひやるもうぢき六歳になるのか君は

長男や長女はさみしいものだから君にあけておく私の右手

ポケットに握りてゐたる椿の実われが喜べば指ひろげ見す

虎たちがバターにされしお話の続きを必ずこの子は訊かむ

昼　犬

草庭を雨はしづかに濡らしをりありがたうと言ひて人は帰りき

この寺の由来知らねば端《はし》に従《つ》き団体さんの行く方へ行く

掬はれて買はれてゆける金魚たち何て小さな尾びれ胸びれ

畦道をはだしで歩いた日のことを死んだあなたは忘れたらうか

食器と本いつもテーブルにある家を不思議と思はず子らは育ちき

たましひのそよぐ夕べの風のなか咲きゐる花合歓落ちゐる花合歓

だらりんと空気の抜けし風船のやうに午後から寝込んでしまふ

この家はしづかな家だ昼《ひる》日《ひ》中《なか》女主人は二階に眠る

担送車に音なく搬ばれゆく人の脛のみ見えて顔は見ざりき

診察室で泣いてしまつた私を小さなトムが迎へてくれる

あをぞらが山の向かうから現れて気を許すなよと拡がりてくる

初めから実母を知らざるこのひとに母が失せゆくさみしさを言ふ

立葵はや咲きのぼり夏至過ぎぬいったいこれから母はどうなる

灯を消して湯舟にあればざざざざざずずずと来る藪の地霊が

夏至が過ぎ大暑が過ぎてそしてそれから息子の家に三番目の子

可笑しかつたね死んだわたしにさう言はうまだ魂がふらついてゐたら

そのころはわたしの鬱にかぶさり来《く》死ぬまで繋がれ鳴ける昼犬

天神さん食ふたのしみに残しおきし梅干しの種三つを割れり

塚本邦雄

亡骸《なきがら》の塚本邦雄を拝むためしづかにゆつくり列は続けり

蝶ネクタイの塚本邦雄を知る人のひとりとなりつ時代《とき》移りゆく

階段は

のぼるより降りるが辛いと顰めたる七十八の塚本邦雄

近江にて死なざりしことの口惜しや湖《うみ》の果て昏く九月に入れり

死に顔を拝まるるのも見らるるもかなはんと塚本邦雄の通夜より帰る

さざなみの雨の近江はけぶりつつ享年八十四塚本邦雄

貧血

貼り薬貼りくるる君の掌がポンと叩いて背中を離る

根分けしてくれぬかと今年も思ひつつ立葵咲く家の前通る

娘似の真中朋久いよいよに娘に似て来し髭で隠せど

息子の妻

子供らに護《まも》られてゐると疾《と》うのむかし感じしことをこの裕子さんも

どこだつた　高い階段をのぼりつつ貧血おこしてこけたのだつた

元気でね

栓抜きがうまく使へずあなたあなたと一人しか居ない家族を呼べり

このひとはだんだん子供のやうになるパンツ一枚で西瓜食ひゐる

オーラとは生気のことよとブランコを高く漕ぎあげあなたに言へり

この五年一日一日を生き延びし思ひに過ぎきあなたの傍に

空が低くなま暖かなひのくれに萩の葉うらに小さな蝶が

気まぐれに電話してくるこの人は三十年経つてもこうのさんと呼ぶ

黄揚羽より昆虫図鑑は始まれり春型夏型の違ひを示し

斑猫《はんめう》につられてついてゆくうちに怖いよ鳥居の外に出《い》でたる

くさめして門を開けゐる爺さんが何のつもりで夢に来たのか

よき妻であつたと思ふ扇風機の風量弱の風に髪揺れ

深泥池《みぞろがいけ》のほとりに高きあけぼの杉午後二時半陽を背にしたり

過ぎてゆく夜の列車の向かうには今もしづかに雨の降る町

うつ向いてものを書くときこのひとは何とわたしから遠いのだらう

皿にのせし大きな白桃無瑕なり盆過ぎてより夜がふかくなる

照りつけるこの夏の日に地面には深い穴なりわたしの影は

阪神になりたいと言ふ子と手をつなぎ夏草に降る雨を見てゐる

大声で泣いてゐる間《ま》にたくさんの涙を出すよ子供といふは

子供たちの数だけうさこがゐることがホーセンクワの種のやうに　ぴよん

だんだんとお婆ちやんらしくなり来しが君たちが知つてゐるのはユーコちやん

君たちがいつか私を思ひ出し絣のモンペのあの人と言ふ

さびしさのどんづまりにて包丁を研ぐかの日の父がしてゐしやうに

ちちははの父が欠けたる実家には九月になれば甘き柿の木

わたしにはあなたが分かるつかまつて立ち暗みしてゐる夕顔の花

ユーコさん元気でね青空があをいまま山に沈みゆく

ものを忘れ執着心も薄れゆきこゝろの可愛い老女となれり

この母にこんな晩年が来ることを知らず逝きたる父がかなしい

あけぼの杉

短くてきれいな秋の日々だつたコスモスばかりが庭には咲きて
さびしさを透かせて咲けるコスモスに十月終りの陽が廻り込む

この庭のしぐれの中のコスモスを一輪一輪かぞへて歩く

倒れ伏しそれでも咲きゐるコスモスにしづかな寒さが降《お》りてゐるなり

亀も鳴くことのありやと仕舞ひ湯の暗がりの中に目瞑り思ふ

たくさんの実をつけくれし柚子の木は年寄りならむ人怖ぢをせず

余白多き葉書なれども肉筆に使ひし体力わづかにあらず

夕虹が青く立ちゐて人声が遠くに聞こゆ裏戸に居れば

この五年多くの医師に会ひしかど白衣の中の人には会はず

とても高いあけぼの杉のした通り処方箋もちて薬局へ行く

午後の陽を背にせし喬きあけぼの杉この世の外のしづけさにあり

四本の紐に縛られ帯締めてどこへでも行くわたし擬《もど》きが

草や木に囲まれそして竹藪がざわざわざわと昼も圧しくる

ものかげの多きこの家《や》にひとり居てそのものかげを引きつれ歩く

撃たれたる熊死にきれず自らの血を舐めて死にしとう檻に捕らはれ

クレヨンがここにも転がり子供らの帰りし部屋に日差しの残る

紙袋

銘入りの包丁くれし小野市長蓬莱氏に真桑瓜の歌をつくれり

雪かぶり結球してゆくキャベツらがだんまり強情に年越しをせり

わたしにも漸くわかりかけて来た家霊の匂ひは土焼く匂ひ

三番目にやつて来る子のために大きな紙の袋をつくる

逆さにして振れば四、五粒の白米が必ず落ちるこの紙袋

子供らに紙の袋を用意してしばらく眠らう梅が咲くまで

君江さん

母はもうわが家にひとりで来られぬか私のことは覚えてゐるが

桜咲き散りてしまひし庭に立ち君江さんを思ふ遠い人になりたり

臨終には君江さん君江さんと呼ぶだらうお母さんとかお婆ちやんではなく

この世にはたつたひとりの母が居る何度も会へない人となりしが

十八の病気のわたしの傍に居ておろおろ歩きしあの人が母

滅びゆく家系の裔《すゑ》とし戦ぐなりああそよそよとイネ科のやうに

痼瘤をおこしてはならぬ枝伐られ花数すくなき椿またたく

振り向いて疲れるなと言ふ君の顔眼のおくゆきが深《ふか》うなりゐる

処方箋もちて歩めりああいつもあけぼの杉の午後の影踏み

竹の落葉

どこでも落葉してゐる竹林《たけばやし》ひそりひそりと葉を踏みて入る

ひのくれの耳のさびしさああ竹が葉を散らしゐる竹の葉の上《へ》に

散らすにも力が要ると竹林が不意にしづまり息つぎをせり

うつらうつらと千年ほどが過ぎたのよ風にそよぎて竹たちが言ふ

わたくしはまつ直ぐに立つて此処にゐる風がなくともそよいだりして

青空をそよいで掃くのは楽しいよおもしろいよおおと藪がざわめく

この世からあの世へ跳ぶのも面倒で日のあるうちに雨戸を閉める

雨戸閉め隙《す》き間の青い空を見るさつきまでそこにわたしは居りし

まつ暗な竹の林のむかうにもまつ暗な竹たちが立ち月のない夜

日並《けなら》べて雨降る中に五つ六つ白き鳶尾《いちはつ》の花も終れり

灰白のひらたき葉のみ残りたる鳶尾しづかに雨に濡れをり

一歩一歩のろく確かに近づきて隣家の主人を死なせたり死は

生きしのぐことが日常でありし子規千の二千の菓子パン食べて

惚けたる実家の母がふり向きしやうこの青空のやさしき皺は

生葉

よく笑ふわたしは元気である筈が転がつたままの日向のバケツ

少しづつ傷《いた》んでゆくのを止められず水に浮かべし青いあさがほ

どくだみの生葉《なまば》の何かが作用して洗ひゐる間《ま》に元気になれり

からからに乾きゆくまでの何日か取込みしどくだみ夜中《よるぢゆう》にほふ

どくだみは好きな花です二、三本挿したる壜を見える所に

昼電車

椎の実は椎の木から落つまだ青くまだまつ青《さを》な空からすとんと

放《はふ》つといてわたしは左向きに寝てゐると午前二時頃言つたか知れず

カラスウリ透かし模様の花咲かせわたしより早く老けてゆく見ゆ

さみしい人となりてしまひし君江さんあなたからあなたが剥がれゆく

大丈夫わたしのことは君江さんのこゑはさう言ふ母親のこゑ

昼電車は暑くさびしいものなりき長い髪だけが自信だつた頃

死ぬ人は死ぬしかなかつた灯心蜻蛉《とうすみ》が翅を合はせて日蔭に止まる

菊芋は花山多佳子の花と決め今年も会へり菊芋の花

摘んで来てちひさなコップにさしておく指で突つくなどしてひるがほの花

長い時間が

五キロの米横抱きにして帰りゆく踏み抜きさうな影先立てて

雨湿りに黒くなりたる土を掘り下仁田葱を寝かせ植ゑおく

生きてゆく一日いちにち米を研ぎ笊を乾かしお帰りと言ふ

忘れぬやうに言ひおくことばは忘らるる　息子には時間が長い時間が

青空の下には白い病院が　何年もわたしのカルテを保存して

カルテの症状だけはわれのもの五人の医師に引き継がれゆく

ぽ、ぽ、ぽんぽん

をんなの人に生まれて来たことは良かつたよ子供やあなたにミルク温める

菜の花のあかるい真昼　耳の奥の鼓室で誰かが　ぽ、ぽ、ぽんぽん

お母さんになつてからの日々春ごとにれんげが咲いてゆつくり老いた

ゆめやなぎの絮《わた》がほよほよ飛んで来てここだつたんだと肩の上《へ》で言ふ

足もとのたんぽぽたちは健やかだ　どうつてこと無いよなあ、ほんと

表情のあるは良きかな黄の風船見あげゆらゆら子供歩み来《く》

母

長いこと会はずにゐるがもつと痩せ曲がりてをらむ母のからだは

心配をするのが愛情と履きちがへ痩せて曲がりて忘れて母は

あの母の生気のなかに育ちしと冬海苔遠火に炙りつつ思ふ

群青の矢車のそばに指を折り歌詠み初《そ》めつ母に見せむと

遠《とほ》光る沼のやうにも思はるる母の住む家行き暮れにける

葱の花

葱の花咲けば父母《ちちはは》思はるる母を遺して死にゆきし父

ぶんぶん独楽

校庭の柳に棲みゐしふくろふのこと話せる齢に櫂はなりたり

子供らはぶんぶん独楽《ごま》か跳びはねて跳《は》ねとびゐしがぱたつと眠れり

ぽんかんの二つを夕べ食べ終へて君が居らねば早寝をするか

肩書がいくつもつきくる齢なのよ花数すくなき椿がきれい

はこべの花

さみしさは胡蝶花《しやが》の花にも似てゐるか日向に置けば素直に開く

きんぽうげペカペカ金色《きん》に光るのが嫌ひでもなし五月に似合ふ

射干《しやが》咲きて鳶尾《いちはつ》咲きて死にゆきし父の眼見ゆる目庇《まびさし》の下

ゆうちやんかと電話に聞きかへす母のこゑハコベのちひさな花のやうにも

枕もとに大きなふくろふが蹲《うづくま》りお嬢さんだつたのにねと言ふ

何やかや理由をつけて帰らぬを強きひかりに湖《うみ》照り返しくる

安らかにわたしの母は死んでほしいわたしを忘れてしまつていいから

木の下で撮らむと呼べば息子の子三つ違ひが三人並ぶ

自転車のサドルに下げて二年生になつた子供の靴干してあり

紙風船どの子にやろか　棚の上《へ》に二月《ふたつき》置かれてへこみてきたる

象たちがぶらんぶらんと歩みくる仔象も居れば子供が騒ぐ

泣いて泣いてすつからかんになりし子に四歳半の元気が戻る

風の日に家を出づればやい、おまへと左右の藪がわれを挟めり

あをぞらがぞろぞろ身体に入り来てそら見ろ家中《いへぢゆう》あをぞらだらけ

『ローマ人の物語』二代目の王ヌマ

言説は権力なりと知悉せり一人し森に入りて籠もれり

君はきつと私によりも君自身に退屈してゐるその飯の食べ様《やう》

黄あやめに静かな雨が降り出だし深泥池《みぞろがいけ》対岸灰緑《くわいりよく》となる

焼きたての

冬線路のかたへは案外あたたかし 橙色《だいだい》のポピーが揺れて

帰省せる娘のために実《み》のあをき姫小判草をひとたば挿しおく

焼きたてのホットケーキは甘いのよ娘に言ふころ私はお母さん

紀州産大芍薬を抱へもち廊下と階段往き戻りせり

たいさんぼく

NHK学園　イタリア・スイスの旅

泰山木のおほきな樹を見上げつつたいさんぼくと日本人われら

青　釦

生きるのがつくづくしんどくなりました　小さな棕櫚箒で机掃きゆく

術後七年、障りなき日はあらざりきほつりほつりと柿の花落つ

原稿の催促来ぬも妙《めう》なもの庭に出てカタツムリ柿の葉に乗す

握手せず別れ来しこと悔やみをりあと一、二度は会へるだらうか

青釦《あをぼたん》　ひとつ拾ひぬ帰りたる三人の子の誰かの服の

ハイ

あなたはあなたでいいのよと言ひくれて四十年来の友の頬杖

老女だよと言はれてぎよつとしたんだよ膝に乗せたるトムだけに言ふ

風はなぜその木にだけは吹いてゐる絵の奥の細いゆりの木

影のくせにと見つめてをれば立ちあがりわが身に入りまた抜けてゆく

涙にじみ眠らむとしをり階下には廊下を歩みドア閉める音

たくさんの日曜日の向かうの日曜日立葵の花みにゆかむ

自転車止めてアイスキャンディー買ひくれし貧乏だつた私の父よ

女にもあんな挨拶あつていい　やあ、しばらくと手をあげて寄る

鹿たちも筍を食ふ

鹿たちは昨日もこの藪に来しならむ窪みて湿りし土の鮮《あた》らし

ドクダミの生茎《なまくき》齧りて歌つくる可笑しくなりぬ河野裕子を

こゑだけは元気にしてゐるわが庭にヒトツバタゴの花が咲きたり

雨の日にじつとしてゐる猿たちの空つぽの胃の腑、ぎゆうむ、ぎゆうむ

木の気持ち、　ハイ《ヨガのポーズ》片脚で　朝ごとに片脚立ちし頭上で合掌

背骨でする呼吸法をなし得ざりしかしずいずいと背骨を伸ばす

病むまへの身体が欲しい　雨あがりの土の匂ひしてゐた女のからだ

若かつたあなた

死ぬことがそんなに怖くなくなつて朝々しやがむ朝顔の花に

私しか見ない花にはならないで青い朝顔白い朝顔

粋《いき》がつて傘もささずに歩いてた若かつたあなた、私は追ひかけて
コスモスの中に写りゐるこの少女はわたしであらうか風の道の辺

朝顔の浴衣

朝顔の花柄の浴衣かはゆかりし一度きりの夏が何回過ぎた

歯刷子をくはへたままで湯に眠るいくら何でも永田和宏

こゑ

もう二日すれば筍と呼べぬ竹ガワガワとせる皮を脱ぎゆく

どの枝も伐られてしまひし合歓の木よそつとしておく他に何か出来よう

私よりずつと寂しい紅《こう》のこゑ元気でねと先に言ひて切れたり

先づトムが

寒いのは淋しいからだと午前二時風呂に蓋して亀のやうなり

美しく齢を取りたいと言ふ人をアホかと思ひ寝るまへも思ふ

人まへでは120パーセント元気なので家では猫が二匹で介抱

この家には私ひとりと知つてゐてこゑ出せば先づトムが尾を振る

櫂たちが

ユーコちゃんといふ人が居たと思ふだらうか日向道なんかで

右手を振るよ

幽霊になつても来てほしい人たちを机の向かうに四人目まで数ふ

ひのくれに綿虫低く飛びゐしが雨となりたり顔冷えて入る

助けてと手握る力も失せ果ててそれでも死ぬには死ぬ力要《い》る

ユーコさん「ゆふこさん」と呼びくれし人たちにも一度ふり向き右手を振るよ

月と日と曜日以外は空欄の来年のカレンダー恐ろしいもの来る

日向道だれも居らねど辻の向かうに人のこゑするそちらへ歩く

運　河

影薄う女親《めおや》の佇ちてゐる木戸に八つ手の花の咲きゐむ頃ぞ

鬆の入りし骨に支へられ在《い》まさむに帰郷かなはぬ鳩遠鳴けり

肥後椿蘂太ぶとと咲きし鉢抱へて父はいづこゆきにし

花びらのくれなゐ濃きが澄めるまで肥後の椿は冬さむく咲く

上海の菜の花畑を進む帆の運河《クリーク》の記憶母には鮮明

母に見ゆればわれにも見えて菜の花の運河を進む白き舟の帆

山羊の眼のやうに

ウツと来て私は詰まつてしまふのだ椿が赤い空を見あげて

不安な不安な一月二月雪が降り雪の向からうに母が居るなり

あの喪服を洗ひに出しておかねばとぼんやり思ふ電話きりし後

はうれん草茹でつつ母を思ふかな白い割烹着手首の輪ゴム

湖の向かうに住めるははそははは私の手術のことも忘れて

三上山《みかみやま》を真正面にせし病室に裕ちやんかと言ふしばらく見つめて

三時間を病室にをり母がやつと半分食べしやはらかなパン

このひとにこれから何度あへるのか山羊の眼のやうに色あはき眼《まみ》

雪の時間

蕾たちがぱつちりぱつちり数《かず》無数二月の庭に紅梅白梅

昨夜《きぞ》の雪におほかた倒れし水仙に運の良きあり午後に立ちあがる

灯を消しし机上に射せる月かげに冬水仙の匂ひ残れり

浪人をしてゐし頃の紅《こう》のこゑ雪の反射に聞こえたやうな

醤油さしに醤油匂ふを注《つ》ぎてをり明るい月の夜となりたり

死後のこと

目覚めても身体がないと狼狽《うろた》へて方向音痴を起こすだらう、私

気まぐれに乗せてみる雪溶けてゆく雪の時間がてのひらにあり

玉葱

甲斐のなきことを思うて日長《ひなが》かな生木の椿の莟も燃《も》して

わたしなら喚くよ叫ぶよ青い莟つけたるままに椿が燃える

玉葱の輪切りの匂ひがしてゐる身、雨に濡れ来て拭へど匂ふ

骨盤の内側に玉葱があつたのだ六十を過ぎてやつと気がつく

痩せてゐる身体が感じてゐる身体骨盤の位置がしつかり分かる

わたしはあなたであるからに

菜の花はなんでこんなになつかしい　昨日は雨で明日は雨で

死ぬまでに時間はそんなに無いひとに今年の桜の一枝を持ちゆく

桜ですよお母さん　薄き目をひらきてみれど見分かぬらしき

ごはんを炊く、炊かねばが遂の習慣《ならひ》にて這ひて出で来る日暮れの台所

二束三文の身体よと言ひながらひとごとのやうに布団にもぐる

お母さんあなたは私のお母さんかがまりて覗く薄くなりし眼を

君江さんわたしはあなたであるからにこの世に残るよあなたを消さぬよう

卵巣も膵臓ももはや打つ手なしこの母にゆつくりと今年の夏来よ

ぼんやりとお婆さんになつてしまひもうお帰り忙しいんでしよと言ふ

まつぴらよ

猫みたいに知らんふりしてゐるのだよ　ほつかほつかと紅梅咲いた

雨の降る夜には迎へに来てね土の中から指出して言ふ

齢とつてあなたも私も齢とつて桜の下に昔のままのあなたの右手

四人居て玲ちやんだけが女の子いけませんよ鼻くそ食べては

もう嫌よ生れ変るのはまつぴらよ白いチューリップの蘂は紫

このやうに私も歩いた日があつた紅《こう》より若き銘仙の母と

生卵

京都で何があつたのと母は言ふ額《ぬか》に額あてて私が泣けば

遠からずやつて来る日は生卵《なまたまご》　生卵のわたしを潰してしまふか

わたしはいい子だつたでせう　いい子でしたよ　額《ひたひ》をあてて私が訊けば

このひとのこの世の時間の中にゐて額《ぬか》に額あてこの人に入る

この母に置いてゆかれるこの世にはそろりそろりと鳶尾《いちはつ》が咲く

私がだんだん遠くなる

湖《うみ》を越えこれから幾度《いくたび》通ふのか京都発昼電車所要二時間余

如矢《ゆきや》さんはもう死にましたか　ええ　とほいころで　然《さ》う　と言ふ

このひとはもうとほい所へ行つてゐる　障子の向かうに雨降る匂ひ

物を忘れ添いくる心のさみしさは私がだんだん遠くなること　河野君江『秋草抄』

「私がだんだん遠くなる」淋しかつたらう恐かつたらう四年まへの母

少しづつ呆けてゆきし二十年父の死をきつかけにどつと壊れぬ

介護士が来る

みんな同じですよと言ひながらおむつを替へる職業的手早さ

薄い目をあけて私を見る人が今ひしひしとたつた一人の母

それから

サミットを控へて御所周辺

護送車に三十人ほどの警察官皆前を向き私語は厳禁

昨日の雨にまだ濡れてゐるユキノシタ子供の素足が近づいてゆく

愛しすぎて人を喪ひ来しわれを夜中の電話に紅《こう》が慰む

オトウサン、オカアサンといふ人をこの世で見送り「それから」が来る

四十キロに及ばずなりしこの身体素足すべらせ体重計よりおりる

泣いてゐる場合ぢやないでしよ天草への飛行機の中で幾首か作る

母系

いくたびも夢に現るる父無言死ぬを知らずに死んでしまへり

死んでゆく母のこころの淋しさを少しは引き受け匙ひと匙を

幾匙を妹や姪が食べさせしこの半年の匙よ悲しき

死んでゆく母に届かぬ何もできぬ蛇口の水に顔洗ひ泣く

誰か居てわたしは怖い　母が死ぬ真水の底のやうなこの部屋

死に顔の澄みゐし父と痩せ枯れて頬骨浮きて死にゆく母と

母が死ねば帰り来ることはもうあらずお母さん裕子よと言へば頷く

みんないい子と眼を開《あ》き母はまた眠る茗荷の花のやうな瞼閉ぢ

家の影大きくなりゆく日の暮れにこの母を置き京都に帰る

妹に喪主を頼むと投函す湖《うみ》を渡りて明日は届かむ

奔《はし》るやうに過ぎゆく八月　ゆふつ日がゆつくり横に広がり熱《ほめ》く

しつかりと静かに立つてゐたいのだ採血検査の順待つ時も

数知れず検査を受けゐるこの身体死なむとしゐる母も見舞はず

八年まへ車椅子にて運ばれきあの青空がやつぱりねえと降《お》りて来たりぬ

遺すのは子らと歌のみ蜩のこゑひとすぢに夕日に鳴けり

倖せ過ぎたが天罰と人言へば肯ひそよがむ風草のやうに

君は君の体力で耐へねばならないと両肩つかんで後ろより言ふ

働いて子供を産んで死んでゆく真つたう平凡な一生《ひとよ》肯ふ

何代も続きし母系の裔にして紅《こう》とわたしの髪質おなじ

このうへに

永田和宏著『タンパク質の一生』

『タンパク質の一生』はむつかしき本、なれどその一生がわが身の一生

臨終の身は六十兆の細胞の死ですかページ開けたまま振り向きて問ふ

このうへに何が起こるか六十兆の細胞ひとつの気まぐれ次第

三時草

三時草《さんじさう》の花は摘まずにこのままに明日は三時になればまた咲く

歩くことも覚つかなくて猫のトムにつかまりよいしよと階段のぼる

香油つけし掌が撫でくるる痛む胸八年前の一文字の傷あと

紅は人の身体がわかる

主婦業も歌人も今日は止め嵩ある髪を確かめ眠る

治療費に足りない財布のお金見て夫がカードで支払ひくるる

十年たてば十九になるこの櫂に小さいユーコちゃんとつまみ上げられむ

五十年母が植ゑ来しサルビアが冷えまさる九月赤く冴えくる

良かつたのか悪かつたのかそれはそれ締切りにつんのめつて生きて来たのだ

風草

里子さんあなたを亡くして三十年紅《こう》のやさしさがあなたに似てくる

ひとことも言はずに死んだひと風草のやうなそれがやさしさだつた

鶴見俊輔

名声は人を腐らすと文脈を飛び越え鶴見俊輔言ひき

あの時は

京大病院　病気のことは隠してゐた

老人の父母《ちちはは》が受付にまごつくを見下ろしゐしのみ術後ほどなく

喘息の治療に来たるかあの時は　聞けざるままに父は死にたり

博多の空

寝たきりの母を思へば身より出で涙となれりレジ待つ間《あひだ》

いい嫁でいい子でいい母いい妻であらうとし過ぎた　わたしが壊れる

みんないい子ありがたう　この後《のち》のわれらを支へることばとならむ

何も言はずずつと傍に居て　あなたにも子らにも言ふだらう母のやうになれば

わたくしを母のやうには死なせないで点滴もしないでと淳に言ひおく

わたしらが母を囲めど父居らず子より死ぬとき伴侶が大事

六十年のむかしの時間の中に居て引き揚げし博多の空の青言ふ

むかしのことは昨日のきのふ　たらたらと七月の雨は垂れて降るなり

死ぬことが大きな仕事と言ひゐし母自分の死の中にひとり死にゆく

生き物はみんなひとりで死んでゆく死んでゆくにも体力が要る

今はもう静かに昏睡に入りゆきて死を知らぬまま逝かせやりたし

コスモスの庭

長谷町《ながたにちやう》３００の１に住みゐし十年はコスモスの庭に座つて過ぎた

いちじくの四個を紅と分け合ひて食ふ味オンチのお父さんは放つとけと言ひ

あなたには済まない人生《ひとよ》でありました暮らしの細々《こまごま》教へず過ぎて

ぬか漬けを初めて漬けしこの人が茄子の色よしと自らを褒む

老いゆくによきことなどは少なけれど正面向きて本音は言へる

二人と猫二匹それでおしまひ　二階《うへ》にゆき夜にはみんなひとつ部屋に寝る

あとがき

今朝、母が亡くなった。昨夜、家族そろって見舞ったが、母にはもう目を開ける力が無かった。耳元で、お母さん、みんなが来ましたよとささやくと、ゆっくりと口をあけ、「ありがとう」と言おうとしていることが口の形で分かった。卵巣と膵臓の癌、加えて大腿部骨折という苦痛のなかで、七ヶ月よく耐え生きてくれた。生涯にただの一度もわたしを叱ったことが無い母だった。どんな事を言ってもスポンジのように吸い取って、何も言わず聞いてくれ、一緒に居ても気疲れすることのない人だった。働きづめの人生だったが、いつも元気でよく笑い、わたしにとっては、この上ない母であった。在宅の看護をして母に尽くしてくれた妹と姪たちに心から感謝している。

『母系』は第十三歌集になる。この歌集名はわたしにとって必然のものであった。母という生命の本源は、歌人としても、ひとりの女性の思いとしても、わたしの最も大きなテーマであった。この夏、八年前に手術した乳癌の転移が見つかり、化学療法に入った。発病以来、再発の不安を抱えつづけて一日一日を生き延びて来た。今後更にその思いは強いと思う。しかし、今のわたしは、この現実をしっかりと静かに受け止めようとしている。

原稿を渡してから、短期間で活字にしてくれた青磁社の永田淳、吉川康《やすし》氏の二人にお礼を申し上げる。装幀は濱崎実幸氏にお願いしている。濱崎氏は、降霊しないとインスピレーションが湧かない人らしいが、どんな装幀になるか楽しみにしている。

平成二十年九月三十日

河野 裕子

初出一覧

羽ペン	「毎日新聞」二〇〇五年一月九日付
毛糸の手袋	「西日本新聞」二〇〇五年一月一日付
帰る日	「塔」二〇〇四年十月号
遠出がしたい	NHKBS短歌大会　於・福岡県能古島　二〇〇四年十月
綿　虫	「短歌」二〇〇五年一月号
幽霊坂	「塔」二〇〇五年二月号
かたばみの花	「塔」二〇〇五年五月号
梅の実柿の花	「塔」二〇〇五年六月号
丸いあたま	「塔」二〇〇五年五月号
バターのお話	「塔」二〇〇五年七月号
昼　犬	「塔」二〇〇五年七月号
塚本邦雄	「塔」二〇〇五年七、九月号
貧　血	「塔」二〇〇五年九月号
元気でね	「短歌往来」二〇〇五年十月号
あけぼの杉	「塔」二〇〇五年十一月号
紙　袋	「塔」二〇〇六年二月号

君江さん	「短歌現代」二〇〇六年六月号
竹の落葉	「歌壇」二〇〇六年七月号
生　葉	「塔」二〇〇六年十一月号
昼電車	「短歌現代」二〇〇六年十一月号
長い時間が	「塔」二〇〇七年一月号
ぽ、ぽ、ぽんぽん	「読売新聞」二〇〇七年四月三日付
母	「短歌研究」二〇〇七年三月号
葱の花	ＮＨＫＢＳ列島縦断短歌スペシャル　於・神戸　二〇〇七年四月
ぶんぶん独楽	「塔」二〇〇七年五月号
はこべの花	「歌壇」二〇〇七年六月号
焼きたての	「塔」二〇〇七年六月号
たいさんぼく	ＮＨＫ学園イタリア・スイスの旅　歌会
青　釦	「塔」二〇〇七年七月号
ハ　イ	「短歌往来」二〇〇七年七月号
若かつたあなた	「塔」二〇〇七年十月号
朝顔の浴衣	子規記念博物館主催「新道後寄席」家族そろって歌合戦　二〇〇七年七月
こ　ゑ	「塔」二〇〇七年十一月号
先づトムが	「塔」二〇〇七年十二月号

右手を振るよ	「塔」二〇〇八年一月号
運　河	「塔」二〇〇八年二月号
山羊の眼のやうに	「塔」二〇〇八年三月号
雪の時間	「短歌研究」二〇〇八年三月号
玉　葱	「塔」二〇〇八年四月号
わたしはあなたであるからに	「塔」二〇〇八年五月号
まつぴらよ	「塔」二〇〇八年六月号
生　卵	「塔」二〇〇八年七月号
私がだんだん遠くなる	「塔」二〇〇八年八月号
それから	「塔」二〇〇八年九月号
母　系	「歌壇」二〇〇八年十月号
このうへに	未発表
三時草	「塔」二〇〇八年十月号
風　草	未発表
鶴見俊輔	未発表
あの時は	未発表
博多の空	未発表
コスモスの庭	未発表

塔21世紀叢書第130篇

歌集　母系

初版発行日　二〇〇八年十一月二十三日
六刷発行日　二〇一一年九月二十日

著者　河野裕子
定価　三〇〇〇円
発行者　永田　淳
発行所　青磁社
京都市北区上賀茂豊田町四〇－一
（〒六〇三－八〇四五）
電話　〇七五－七〇五－二八三八
振替　〇〇九四〇－二－一二四二二四
http://www3.osk.3web.ne.jp/~sejisya/

印刷　創栄図書印刷
製本　新生製本

ISBN978-4-86198-107-4 C0092 ¥3000E